Xhili dhe Kërcelli i Fasuleve

Jill and the Beanstalk

by Manju Gregory
illustrated by David Anstey

Albanian translation by Viola Baynes

Xheku iu ngjit një kodre me motrën e tij Xhil.
Xheku u rrëzua dhe tani ai është sëmurë.
Nuk ka asgjë për të ngrënë, ata janë të trishtuar,
Ah sikur Gjiganti të mos ua kishte gëlltitur babin.

Jack climbed a hill with his sister Jill.
Jack fell down and now he's ill.
There's nothing to eat, they're feeling sad,
If only the Giant hadn't swallowed their dad.

Mami pyeti Xhilin, "A thua që në ndonjë mënyrë
Mund të nxjerrësh disa të holla duke shitur lopën tonë?"

Mum asked Jill, "Do you think somehow
You could raise money selling our cow?"

Xhili kishte ecur vetëm një kilometër kur ajo hasi një burrë tek një portë.
"Shkëmbeje lopën me këto fasule," i tha ai.
"Fasule!" bërtiti Xhili. "Mos je i çmendur ti?"
Burri shpjegoi, "Këto janë fasule magjike.
Ato të sjellin dhurata që ti s'i ke parë asnjëherë."

Jill had barely walked a mile when she met a man beside a stile.
"Swap you these beans for that cow," he said.
"Beans!" cried Jill. "Are you off your head?"
The man explained, "These are magic beans. They bring you gifts you've never seen."

Xhili i mori në shtëpi për t'ia treguar mamit,
E cila bërtiti, "Duhet të kisha dërguar djalin!"
Ajo hodhi poshtë fasulet tek këmbët e Xhilit,
Dhe e dërgoi në krevat pa asgjë për të ngrënë.

Jill took them home to show her mum
Who cried out loud, "I should have sent my son!"
She threw the beans down at Jill's feet
And sent her to bed with nothing to eat.

Shpejt e zuri gjumi, shpejt i doli prapë,
Xhili u ngrit në mëngjes dhe pa një surprizë shumë të madhe.
Një kërcell fasulesh ishte rritur deri në qiej.
Ajo u kap pas kërcellit, duke shtrënguar fort gjethet,
Dhe iu ngjit bimës së madhe që tek lëkundej nga flladi.

Early to bed, early to rise,
Jill woke up at dawn with a mighty surprise.
A beanstalk had grown right up to the skies.
Catching hold of the stalk, clinging fast to the leaves,
She climbed the great plant as it swayed in the breeze.

Xhili dëgjoi një të thirrur, ishte e ëma!
"Zbrit poshtë menjëherë, kujdesu për vëllain!"
Por Xhili vetëm vazhdoi të ngjitej, nuk ndaloi,
Gjithnjë e më lart, deri në majë.

Jill heard a shout, it was her mother!
"Come down at once, look after your brother!"
But Jill just kept on climbing, she didn't stop,
All the way upwards, right to the top.

Ajo u hodh nga kërcelli, dhe dëgjoi ngashërime të forta.
Një vajzë e vogël po bërtiste, "Oh, ku janë delet e mia?
Ato janë larguar ndërkohë që unë po flija."
"Ku jam unë?" e pyeti Xhili.

She leapt off the beanstalk, and heard a loud weep.
A little girl cried, "Oh, where are my sheep?
They've wandered away while I was asleep."
"Where am I?" asked Jill.

"Ti je në tokën ku banon Gjiganti.
A ke ardhur për të marrë hak apo për të falur?
Kur të lëviz shkopin, tani, zgjidh fatin tënd,
Zbrit përsëri nga kërcelli ose ec përpara drejt Portës së Gjigantit!"

"You're in the land where the Giant lives.
Did you come to avenge or come to forgive?
With a wave of my crook now choose your fate,
Back down the beanstalk or onto the Giant's Gate?"

Xhili qëndroi përpara shtëpisë së Gjigantit
Duke u ndier e vogël dhe e frikësuar, si një mi i dredhur.
Aty pranë qëndronte një plakë e çuditshme,
Duke fshirë pëlhura merimangash nga qielli.
"O vajzë e vogël, pse je këtu? Pse, o pse?"

Jill stood in front of the Giant's house
Feeling tiny and scared like a quivering mouse.
A strange old woman was standing by,
Brushing cobwebs out of the sky.
"Little girl, why are you here? Why, oh why?"

Kur ajo foli, toka filloi të tundej, me një zhurmë shurdhuese, si një tërmet i fuqishëm.
Gruaja tha, "Shpejt, me vrap brenda. Ka vetëm një vend…në furrë do të fshihesh!
Merr një frymë, jo më shumë, dhe mos psherëti, rri e heshtur si bora, nëse nuk do që të vdesësh."

As she spoke the ground began to shake, with a deafening sound like a mighty earthquake.
The woman said, "Quick run inside. There's only one place…in the oven you'll hide!
Take barely one breath, don't utter a sigh, stay silent as snow, if you don't want to die."

Xhili u mblodh në furrë. Çfarë kishte bërë? Ah, sa donte të ishte në shtëpi me mamin.
Gjiganti foli, "Fi, fai, fo, fam. Më bie erë njeriu prej toke."
"Burrë, të vjen era nga zogjtë që i kam hedhur byrekut. Që të gjithë, njëzet e katër, ranë nga qielli."

Jill crouched in the oven. What had she done? How she wished she were home with her mum.
The Giant spoke, "Fee, fi, faw, fum. I smell the blood of an earthly man."
"Husband, you smell only the birds I baked in a pie. All four and twenty dropped out of the sky."

Gjiganti rënkoi, "As që dua ta provoj gatimin tënd të zgjedhur.
O grua, më duhet të ha. Ik në kuzhinë dhe më sill mishin!"
Nga një hapësirë në derën e furrës, Xhili pa ndërsa Gjiganti përlau një derr të egër.

The Giant bawled, "I have no wish to even try your dainty dish.
Wife, I need to eat. Go to the kitchen and fetch me my meat!"
From a gap in the oven door, Jill watched the Giant devour a wild boar.

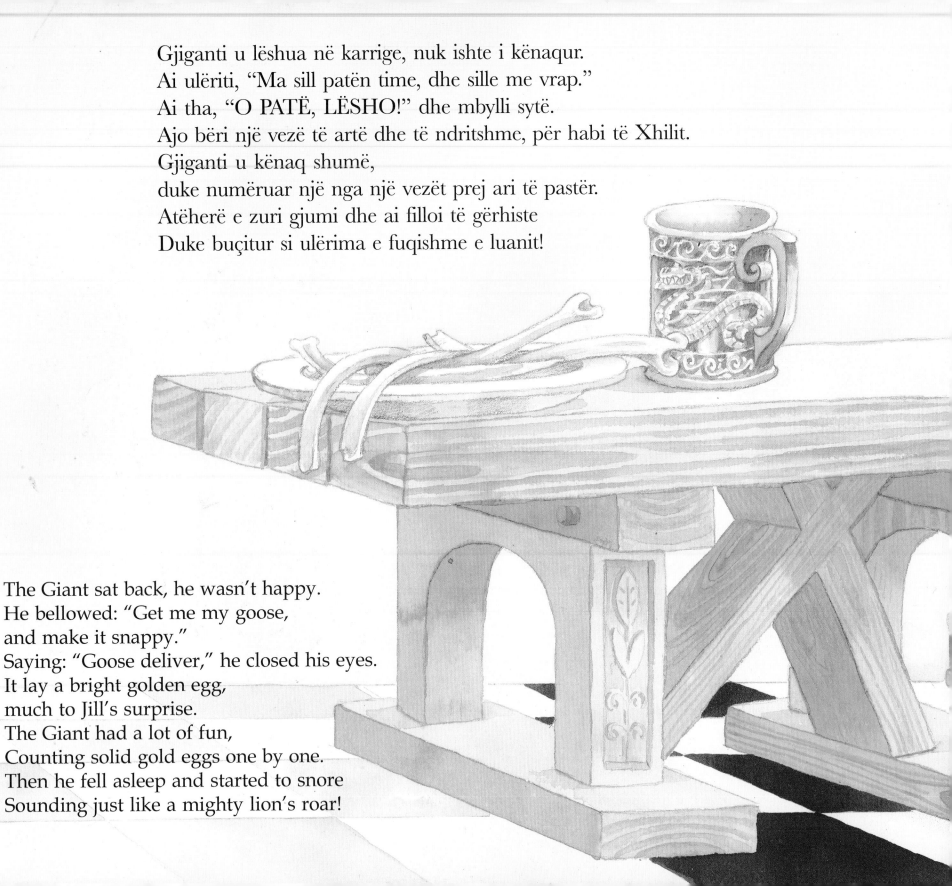

Gjiganti u lëshua në karrige, nuk ishte i kënaqur.
Ai ulëriti, "Ma sill patën time, dhe sille me vrap."
Ai tha, "O PATË, LËSHO!" dhe mbylli sytë.
Ajo bëri një vezë të artë dhe të ndritshme, për habi të Xhilit.
Gjiganti u kënaq shumë,
duke numëruar një nga një vezët prej ari të pastër.
Atëherë e zuri gjumi dhe ai filloi të gërhiste
Duke buçitur si ulërima e fuqishme e luanit!

The Giant sat back, he wasn't happy.
He bellowed: "Get me my goose,
and make it snappy."
Saying: "Goose deliver," he closed his eyes.
It lay a bright golden egg,
much to Jill's surprise.
The Giant had a lot of fun,
Counting solid gold eggs one by one.
Then he fell asleep and started to snore
Sounding just like a mighty lion's roar!

Xhili e dinte që mund të shpëtonte ndërsa Gjiganti po flinte,
Kështu që ajo doli me kujdes nga furra.
Atëherë ajo kujtoi ç'kishte bërë shoku i saj Tom,
Ai vodhi një derr dhe iku me vrap.
Duke kapur patën, ajo vrapoi e vrapoi.
"Duhet të arrij sa më shpejt tek kërcelli."

Jill knew she could escape while the Giant slept.
So carefully out of the oven she crept.
Then she remembered what her friend, Tom, had done.
Stole a pig and away he'd run.
Grabbing the goose, she ran and ran.
"I must get to that beanstalk as fast as I can."

Ajo rrëshqiti poshtë nga kërcelli duke bërtitur,
"U ktheva!" Dhe nga shtëpia doli nëna me Xhekun.

She slid down the stalk shouting, "I'm back!"
And out of the house came mother and Jack.

"Ne u shqetësuam shumë, yt vëlla dhe ynë. Si mund ta ngjisje atë kërcellin e madh deri në qiell?"

"Por mami," i tha Xhili, "mua nuk më ndodhi gjë. Dhe shiko çfarë kam nën krah."

"O patë, lësho," Xhili përsëriti fjalët e Gjigantit.

Dhe pata bëri menjëherë një vezë të artë dhe të ndritshme.

"We've been worried sick, your brother and I. How could you climb that great stalk to the sky?"

"But Mum," Jill said, "I came to no harm. And look what I have under my arm."

"Goose deliver," Jill repeated the words that the Giant had said,

And the goose instantly laid a bright golden egg.

Vizita e Xhilit në strofkën e Gjigantit, mbajti familjen e saj nga uria dhe dëshpërimi.

Jill's visit to the Giant's lair kept her family from hunger and despair.

Xhekun e zuri zilia për motrën e tij Xhil.
I erdhi keq që kishte ngjitur një kodër dhe jo një kërcell.
Xheku krekosej shumë dhe thoshte shpeshherë
Që, po ta kishte takuar Gjigantin, kohën do t'ia kishte prerë.

Jack couldn't help feeling envious of his sister Jill.
He wished he'd climbed a beanstalk instead of a hill.
Jack boasted a lot and often said
If he'd met the Giant he would've chopped off his head.

E ëma u kishte thënë të mos e ngjisnin atë kërcell
Por Xhili u mërzit me fjalët e kota të Xhekut.
Një ditë, nën një maskë dinake, Xhili ngjiti kërcellin
Dhe arriti në qiej.

Their mother had warned them not to climb that stalk
But Jill was fed up with Jack's idle talk.
One day, in clever disguise, Jill climbed up the beanstalk
And reached the skies.

Plaka rrinte ulur tek porta me pamje të trishtueshme,
Gjiganti i lig e trajtonte keq, shumë keq.
Ai ishte bërë gjithnjë e më mizor,
Që nga dita kur pata iu vodh.

The old woman sat by the gate looking sad,
The evil Giant treated her bad, very bad.
He'd become more gruesome by the day,
Since his goose had been stolen away.

Gruaja e Gjigandit nuk e njohu Xhilin,
Por ajo dëgjoi hapa si bubullima që zbrisnin nga kodra.
"Gjiganti!" bërtiti ajo. "Po e nuhati tani gjakun tënd, me siguri ai do të vrasë."

The Giant's wife didn't recognise Jill,
But she heard the sound of thundering footsteps coming down the hill.
"The Giant!" she cried. "If he smells your blood now, he's sure to kill."

"Hikori dikori dok!
Shpejt, ik fshihu në orë!"

"Hickory dickory dock,
Quick, go hide in the clock!"

"Fi, fai, fo, fam, më bie erë njeriu prej toke. Qoftë i gjallë apo i vdekur,
Do t'ia pres kokën," tha Gjiganti.
"Ty të vjen era e ëmbëlsirave të mia të sapogatuara,
Recetën e mora nga Vajza e Zemrave."
"Unë jam Gjigant, o grua, dhe më duhet të ha.
Ik në kuzhinë dhe më sill mishin."

"Fe fi faw fum, I smell the blood of an earthly man.
Let him be alive or let him be dead, I'll chop off his head," the Giant said.
"You smell only my freshly baked tarts, I borrowed a recipe from the Queen of Hearts."
"I'm a Giant, wife, I need to eat. Go to the kitchen and get me my meat."

Gjigajti u ngop me kafshën si më parë.
Kaloi një orë e plotë, pastaj ai kërkoi më shumë.
E shoqja solli një harpë, një gjë nga më madhështoret,
Prej ari të kulluar dhe me një qind tela.
Gjiganti bërtiti: "Luaj!" Ai ndihej i mërzitur.
Harpa filloi menjëherë të luante vetiu.

The Giant gorged on beast as before.
One full hour passed by, then he called for more.
His wife brought in a harp, the most magnificent of things,
Made out of pure gold with a hundred strings.
The Giant yelled: "Play," he was feeling bored.
The harp instantly played of its own accord.

Një ninullë aq të qetë dhe të ëmbël, saqë Gjigantin e ngathët e zuri gjumi menjëherë.
Xhili donte harpën që luante pa u prekur. Ajo e donte shumë!
Ajo doli nga ora duke u dredhur dhe kapi harpën prej ari ndërkohë që Gjiganti po flinte.

A lullaby so calm and sweet, the lumbering Giant fell fast asleep.
Jill wanted the harp that played without touch. She wanted it so very much!
Out of the clock she nervously crept, and grabbed the harp of gold whilst the Giant slept.

Xhili po shkonte drejt kërcellit, por iu zunë këmbët nga një qen që vraponte rrotull.
Kur harpa bërtiti: "ZOTËRI! ZOTËRI!" Gjiganti u zgjua, u çua dhe vrapoi pas.
Xhili e dinte që do t'i duhej të vraponte gjithnjë e më shpejt.

To the beanstalk Jill was bound, tripping over a dog, running round and round.
When the harp cried out: "MASTER! MASTER!" The Giant awoke, got up and ran after.
Jill knew she would have to run faster and faster.

Gjiganti ulëriti: "Mendoke që di të vraposh, ha!
Shih ç'ndodhi me Tomin, djalin e flautistit!"
Duke mbajtur harpën, Xhili vazhdoi të vraponte,
"Duhet të arrij tek kërcelli sa më parë."

The Giant howled, "So you think you can run!
Look what happened to Tom, the piper's son!"
Holding onto the harp, Jill ran and ran,
"I must get to that beanstalk as fast as I can."

Ajo rrëshqiti poshtë nga kërcelli, harpa bërtiti: "ZOTËRI!"
Gjiganti i madh dhe i shëmtuar erdhi nga pas me
zhurmë bubullime.
Xhili mori sëpatën që pret drurin,
Dhe rrëzoi kërcellin sa më shpejt.

She slid down the stalk, the harp cried: "MASTER!"
The great ugly Giant came thundering after.
Jill grabbed the axe for cutting wood
And hacked down the beanstalk as fast as she could.

Çdo hap i Gjigantit bëri që kërcelli të gjëmonte.
Çdo prerje me sëpatë nga Xhili bëri që Gjiganti të pengohej.
Poshtë, poshtë u zhyt Gjiganti!
Xheku, Xhili dhe mami shikuan të mrekulluar, ndërsa Gjiganti U PËRPLAS, tre metra nën tokë.

Each Giant's step caused the stalk to rumble. Jill's hack of the axe caused the Giant to tumble.
Down down the Giant plunged!
Jack, Jill and mum watched in wonder, as the giant CRASHED, ten feet under.

Sot, Xheku, Xhili dhe e ëma kalojnë ditët e tyre,
Duke kënduar këngë dhe rima që i luan harpa e artë.

Jack, Jill and their mother now spend their days,
Singing songs and rhymes that the golden harp plays.

British Library Cataloguing-in-Publication Data:
a catalogue record for this book is available
from the British Library.

First published 2004 by Mantra
5 Alexandra Grove, London N12 8NU, UK
www.mantralingua.com